coleção primeiros passos 317

Joseph M. Luyten

O QUE É LITERATURA DE CORDEL

1ª Edição

Editora Brasiliense
São Paulo - 2012

1ª edição, 2005
2ª reimpressão, 2012

Diretora Editorial: *Maria Teresa B. de Lima*
Editor: *Max Welcman*
Produção Editorial: *Ione Franco*
Produção Gráfica: *Adriana F. B. Zerbinati*
Revisão: *Beatriz de Cássia Mendes*
Foto da Capa: *João Pedro do Juazeiro*
Capa: *Marina S. Lo Schiavo*

Dados Internacionais de Catalogação na Publicação (CIP)
(Câmara Brasileira do Livro, SP, Brasil)

Luyten, Joseph Maria, 1941
O que é literatura de cordel / Joseph M. Luyten.
-- São Paulo: Brasiliense, 2012. --
(Coleção Primeiros Passos ; 317)

ISBN: 85-11-00081-X

1. Literatura de cordel - Brasil I. Título. II. Série.

04-8595 CDD-398.20981

Índices para catálogo sistemático:
1. Brasil : Literatura de cordel : Folclore
398.20981

editora brasiliense ltda
Rua Antonio de Barros, 1839 - Tatuapé
CEP 03401-001 — São Paulo — SP
www.editorabrasiliense.com.br

SUMÁRIO

OS 100 ANOS DE VIDA E AS MUITAS MORTES DO CORDEL BRASILEIRO

Mal a literatura de cordel brasileira, a poesia popular impressa, mostrava sua vitalidade, no fim do século XIX e início do XX, e o eminente folclorista Sílvio Romero já dizia que os folhetos estavam condenados à morte por causa do advento e distribuição de jornais pelo interior do país. Felizmente, não tinha razão. Depois, na década de 1930, outros pesquisadores afirmavam a mesma coisa, culpando, dessa vez, o rádio. Nos anos 1960, foi a vez da televisão.

Hoje, estamos já no século XXI e tudo leva a crer que a produção de literatura de cordel está longe de desaparecer. Houve, sim, épocas de vacas magras, mas elas não foram causadas pela vontade popular de informar e formar-se. Entre as décadas de 1960 e meados de 1980, houve no Brasil uma das mais altas inflações do mundo, com o consequente empobrecimento do povo, que nem sequer tinha recursos para se sustentar, muito menos para adquirir folhetos que, por mais baratos que fossem, pesavam no orçamento de quem quase nada possuía.

Na segunda metade do século XX, houve também uma das mais significativas migrações internas de que se tem história. Até por volta de 1950, mais de 75% da população brasileira morava em regiões rurais, e 25%, em urbanas. Atualmente, essa cifra inverteu-se e já estamos indo para os 80% de população urbana. E todos nós conhecemos a miséria e a intranquilidade social que isso está causando. Com isso, passamos a ter uma cultura popular mais voltada para os problemas urbanos, que se torna, em termos sociais e políticos, mais reivindicatória, agressiva e crítica.

Por outro lado, as novas populações que ocupam as periferias das grandes cidades, de Norte a Sul, têm mais contato com os meios de comunicação social. Estes, por sua vez, vão buscar mais elementos antes exclusivos da comunicação popular, e os englobam em sua programação. Como veremos no decorrer desta obra, há um entrelaçamento cada vez mais estreito entre a cultura popular e a de massa, assim como entre seus sistemas específicos de comunicação.

A literatura de cordel é considerada um dos elementos de maior comunicabilidade dos meios populares. Luiz Beltrão, já nos anos 1960, definiu esse fenômeno como parte da *folkcomunicação*, isto é, sistemas de comunicação por meio dos fenômenos folclóricos. Em suma, do povo para o povo. Hoje em dia, estamos mais interessados em como um sistema de comunicação utiliza o outro, já que é impossível alguém se manter isolado diante da onipresença da também chamada Indústria Cultural. Chamamos, assim, de *folkmídia* a utilização de elementos da *folkcomunicação* pela mídia e vice-versa.

Esses novos conceitos – *folkcomunicação* e *folkmídia* –

100 ANOS DE CORDEL

AUTOR: ABRAÃO BATISTA

Primeira Edição 3,2 M Juazeiro do Norte, 07/05/2001

Este poema foi feito em 2001, durante uma das maiores exposições sobre poesia popular, em São Paulo, patrocinada pelo Sesc. Foi pedido ao famoso poeta Abraão Batista, de Juazeiro do Norte (CE), que fizesse um livreto de apresentação. Esta capa é de Jô de Oliveira, com seu Pavão Misterioso, símbolo do evento, baseado num desenho do não menos famoso Jô de Oliveira.

estarão sempre implícitos em nossas considerações aqui expressas, pois a literatura de cordel, no seu sentido mais tradicional, se refere apenas aos contatos do homem do povo com seu semelhante e, numa progressão mais recente, pode influir ou ser influenciada pela mídia.

É nesse sentido que podemos falar em um verdadeiro renascimento da literatura de cordel no Brasil. Esta, por sinal, é a maior do mundo, tanto em número de poetas e obras publicadas como em importância social.

O VASTO MUNDO DA LITERATURA POPULAR E ALGUNS ASPECTOS NO BRASIL

Quando começamos a estudar qualquer literatura, seja grega, inglesa, alemã, portuguesa ou indiana, sempre se encontram, na parte inicial, quase exclusivamente manifestações poéticas. Ao longo dos anos, estas vão cedendo lugar à prosa, e, quando chegamos ao século XX, a poesia ocupa pouco espaço diante de outras manifestações literárias.

O principal motivo desse fato é que as sociedades humanas, quando são iletradas, têm a memória como único recurso para guardar o que acham importante. Daí a tendência de ordenar toda a espécie de mensagens em forma poética. O ritmo das frases e a semelhança das partes finais ou iniciais facilitam tremendamente a memorização. O antigo ditado popular "Água mole, em pedra dura, tanto bate até que fura", por exemplo, pode ser decorado facilmente, bastando ouvi-lo uma só vez.

Em todas as sociedades, porém, temos sempre elementos dominadores e dominados, elite e povo, nobres e plebeus. Em consequência, visões freqüentemente diferentes a respeito das mesmas coisas. As elites costumam estar mais abertas para as novidades exteriores a seu contexto habitual, ao passo que o povo vai absorvendo aquilo que é novo, "moderno", aos poucos, na medida em que vai precisando disso.

Muitos pensam que povo e elite constituem dois organismos estanques. Na realidade, isso não se dá. Através da comunicação direta ou indireta, um lado fica sabendo o que o outro faz. Vejamos, por exemplo, a "quadrilha". Ela é originária das contradanças das cortes européias do século XVIII. No século XIX, foi trazida para o Brasil. Aqui, aos poucos, foi se tornando dança popular, encontrada no interior do país. Recentemente, os pesquisadores de folclore trouxeram essa dança novamente para o meio urbano; ela voltou a ser diversão de "gente fina", e o povo da roça deixou de dançá-la.

A cultura popular abrange todos os setores da vida de um povo, mas geralmente indica certa oposição à cultura oficial, erudita. Ela se manifesta com maior vigor em sociedades nas quais a divisão de classes é acentuada. Dessa maneira, não chamamos as culturas indígenas de populares. Elas existem por si, independentemente de qualquer outra.

No Brasil, temos, atualmente, vastas camadas populacionais não-indígenas que vivem em estágios pré-alfabetizados ou semiletrados, em oposição a minorias de cultura altamente sofisticada. No entanto, todos os brasileiros falam fundamentalmente a mesma língua e aceitam princípios religiosos mais ou menos afins. Já no Paraguai e no Peru, por exemplo, onde o povo simples fala, respectivamente, o

guarani e o quíchua, a divisão entre elite e elemento popular é praticamente intransponível.

A comunicação popular

Dentre as expressões de cunho popular, as que mais interesse oferecem são as modalidades comunicativas. E, entre estas, a poesia ocupa um lugar de destaque, pela sua dinamicidade e força de expressão. Mas não é a única forma. Existem também contos, anedotas, lendas que se apresentam em forma de prosa. Geralmente, essas modalidades iniciam-se com o famoso "Era uma vez...". Aliás, quase todos os contos infantis que ouvimos quando criança fazem parte do folclore de algum país europeu. *Branca de Neve*, *A Bela Adormecida* e *Joãozinho e Maria*, por exemplo, são de origem alemã, e *Pedro e o Lobo* nasceu na Rússia.

No caso do Brasil, no entanto, a poesia narrativa popular supera, em muito, a prosa. Essa poesia é conhecida entre nós como Literatura de Cordel. Isso porque havia o costume, na Espanha e em Portugal, de se colocarem os livretos sobre barbantes (cordéis) estendidos, em feiras e lugares públicos, de forma semelhante a roupa em varal. Há outros nomes para indicar esse tipo de expressão popular, mas o termo literatura de cordel é consagrado, e ninguém ligado à poesia popular o desconhece.

Poesia popular nordestina ou brasileira?

Muitos acham que literatura de cordel e poesia popular

são manifestações poéticas nordestinas. Há um fundo de verdade nisso, mas é bom lembrar que há poesia popular em todo o Brasil (e, seguramente, em toda a América Latina). A literatura de cordel compreende a parte *impressa* e, como tal, representa menos que 1% da poesia realmente feita no nível popular; o restante é apenas *cantado* por violeiros, trovadores ou cantadores. Falarei, posteriormente, sobre as relações entre essas duas facções, que se complementam. Por ora, vamos ver a distribuição da poesia popular no Brasil.

Até fins do século XIX, havia poesia popular regularmente manifestada em todo o país. A maior parte da população era rural e, logicamente, devido às distâncias, o entrosamento era muito pequeno, ainda mais se tendo em vista os sistemas de comunicação de massa existentes em nossos dias. As diferenças entre as expressões regionais eram muito grandes, e as da poesia também. O padrão linguístico da elite brasileira ainda era o de Coimbra ou Lisboa, e o povo se expressava como bem podia.

Houve dois acontecimentos, a partir do Segundo Império, que modificaram boa parte da cultura popular brasileira e, em particular, a poesia. Um deles foi a imigração europeia para o sul do país, que introduziu muitos moldes diferentes, em detrimento dos que já existiam no local. Outro foi a grande expansão nordestina para toda a área amazônica, por ocasião do Ciclo da Borracha. Hoje em dia, pode-se dizer que todos os rios que correm para a bacia amazônica são habitados por nordestinos e descendentes, e, assim, temos expressão poética regional nordestina em todas essas regiões.

Esta obra, do autor Apolônio Alves dos Santos, retoma pseudoepisódios anteriores, como: O americano que acomprou o Pão de Açúcar. *Capa com xilogravura de José Costa Leite. Editada no Rio de Janeiro, em janeiro de 1988.*

Existem, ainda, alguns redutos de poesia popular fora do pólo nordestino. Um é o antigo caminho dos bandeirantes – de São Paulo, via vale do Tietê, até as regiões de Goiás Velho e Cuiabá. Todos esses lugares, que incluem Piracicaba, Sorocaba, Itu etc., são centros de cultura caipira, onde encontramos modalidades de poesia popular como cururu, fandango, batuque, cana-verde, samba e jongo. A mais conhecida é o cururu, com seus infindáveis desafios, em que se tem de marcar tempo para cada cantador. Há predeterminação de tema e rima, antes de se iniciar o debate poético. No sul de Minas e no vale do Paraíba, temos o "calango", um desafio improvisado muito rápido, mas também apenas oral.

Há um grande reduto poético popular no Rio Grande do Sul, sobretudo na região da fronteira. Lá, as poesias geralmente se apresentam em forma de trova (estrofes de quatro versos, cada um com sete sílabas). Embora a produção seja essencialmente oral, há muitos poetas sendo divulgados por meio de coletâneas regularmente impressas e pelas rádios locais. Em quase todos os municípios do Rio Grande, há pelo menos um CTG (Centro de Tradição Gaúcha), entidade semioficial que cuida da preservação da cultura popular e, consequentemente, da poesia.

No restante do país, assistimos a um avanço poderoso da poesia nordestina. Com a ida de migrantes ao Rio de Janeiro, São Paulo e Brasília, a cultura nordestina está se tornando sinônimo de cultura popular brasileira. Pudera. Apenas na Grande São Paulo existem 6 milhões de nordestinos e descendentes. Além disso, a poesia popular possui um grande trunfo: o hábito de imprimir seus poemas mais representativos. Assim, temos a literatura de cordel, hoje símbolo, no mundo todo, da cultura popular do povo brasileiro. A sextilha nordestina (estrofes de seis versos de sete sílabas) tornou-se a maior expressão poética de toda a nossa história.

AS ORIGENS DA LITERATURA POPULAR

Sempre me contaram que todas as ações humanas tinham seus princípios registrados nas ancestrais cavernas dos trogloditas ou nos hieróglifos dos antigos egípcios. Forçando um pouco os fatos, isso até pode ter um vislumbre de verdade. Na realidade, porém, o que acontece é que os pesquisadores modernos tendem a considerar as ações dos antigos sob o prisma, o ponto de vista de nossa época. Assim, ao analisar a democracia grega, ela nos pode ser apresentada como um exemplo para hoje em dia. Um exame mais cuidadoso, porém, vai revelar que ela se baseava no trabalho escravo. É muito fácil discutir sobre a igualdade de uma camada populacional entre si quando essas pessoas nada necessitam fazer para a sua própria subsistência.

A literatura popular aparece no Ocidente em duas etapas. A primeira é a partir do século XII, como manifestação leiga independente do sistema de comunicação eclesiástico. Ela se caracteriza sobretudo por ser uma linguagem regional

Gravura de Marcelo Soares. Não é somente de seca que padece o Nordeste. As enchentes também costumam ser catastróficas. Aqui se vêem algumas pessoas que conseguiram escapar das cheias do rio Capiberibe, no Recife.

e não ser feita em latim, que naquela época era a língua oficial de toda a Europa cristã. Aos poucos, porém, tanto as pessoas do povo como os nobres iam contando suas histórias e compondo seus versos de forma primitiva, diferentemente das comunicações em latim, que tratavam quase sempre de assuntos eruditos ou religiosos. Naquele tempo, as pessoas não podiam sair de seus feudos, seus lugares de origem. Havia somente duas ocasiões em que isso era possível: em época de guerra ou em peregrinação.

Existiam, na Europa medieval, três pontos de peregrinação famosos: Roma – a Santa Sé –, Jerusalém – a Terra Santa – e Santiago de Compostela, ao norte da Espanha, na Galícia, o lugar onde se dizia ter sido enterrado o apóstolo Santiago. Santiago de Compostela era tão famosa que, durante a Idade Média, a própria Via Láctea – como ela fazia uma curva para o sudoeste (do ponto de vista norte-europeu) – era chamada de Caminho de Santiago. Houve, em consequência dessas movimentações populares, três rotas de convergência humana. Uma era em direção ao sul da França, Provence, onde as pessoas se reuniam antes de atravessar o mar Mediterrâneo para chegar à Palestina, geralmente em mãos islâmicas. Outra era o norte da Itália, a Lombardia, por onde se tinha de passar para chegar a Roma. E a terceira era a Galícia, o único lugar da península ibérica não tomado pelos sarracenos, onde ficava o santuário de Santiago.

É exatamente nesses três lugares que começa a literatura popular, onde se concentravam poetas nômades (entre as raras pessoas que tinham locomoção livre), que funciona-

vam como verdadeiros jornalistas, contando as novidades e cantando poemas de aventuras e bravuras.

Notamos, então, que a literatura popular medieval é uma oposição à oficial, da Igreja Católica. Com o passar dos anos, ela vai-se fortalecendo e dá lugar a focos de línguas nacionais como o italiano, o francês provençal e o português-galaico. Aliás, até hoje há dúvidas sobre qual a primeira língua nacional da península ibérica – se o português ou o espanhol. Ambos se originam do galaico – que existe até hoje, como dialeto, tanto em Portugal, como na Espanha. Mais tarde, vão surgir outras línguas nacionais ao longo dos grandes rios europeus, como o Reno e o Danúbio, e, posteriormente, no norte da Europa e na Inglaterra.

O que importa para nós é que esses núcleos vão se tornar fontes de produção de cultura regional, transportada para o resto da Europa por intermédio dos menestréis, trovadores e jograis, três categorias de poetas andarilhos.

A divisão – cultura popular e erudita

Muito mais tarde, lá pelo fim do século XVIII, após a Revolução Francesa, temos uma transformação que vai repercutir por toda a Europa. É a ascensão da burguesia. Até então, toda a cultura não-latina era comum tanto a dominantes – nobres e cortesões –, como ao povo propriamente dito. Com a Revolução Industrial e a tomada do poder por uma espécie de classe média da época, houve uma tentativa, da parte desta, de alcançar não só o poder, mas aspectos culturais antes em mãos exclusivas dos poderosos que acabavam de cair.

Um dos melhores exemplos desse fato é a transformação ocorrida na música dita clássica. Antes da ascensão da burguesia, havia somente música de câmara, em que quatro ou cinco instrumentistas executavam suas composições para uma pequena e seleta assistência. Depois, para atender às novas e maiores camadas de poder, foi necessário que se "inventasse" a orquestra sinfônica, com dezenas de músicos e, mais tarde ainda, conjuntos de corais acoplados a cenários elaborados – as óperas.

Vemos que a literatura popular, já com consciência de si, aparece na passagem do século XVIII para o XIX. No início, houve um distanciamento das duas concepções de cultura, mas, após alguns anos, começou uma tendência de aproximaçao entre a cultura erudita e popular, com o exemplo da quadrilha já citado.

E a literatura?

Logicamente, o assunto do qual mais quero tratar é a literatura popular. No entanto, é bom lembrar que, numa sociedade como a nossa, onde há música clássica, haverá também música popular. A mesma coisa se dá com pintura, religião, teatro, escultura, medicina e literatura. Nos países europeus e na América do Norte, onde a imprensa já era de domínio público desde os anos 1700, foi muito fácil para elementos ligados ao povo publicarem suas produções literárias. Assim, temos abundantes publicações a partir dessa época. No caso brasileiro e em alguns outros países latino-americanos, essa tendência se deu aproximadamente um

século mais tarde, e o século XX será o apogeu dessa manifestação. Na Europa e em boa parte da América do Norte, ela praticamente desapareceu, mas deixou bons frutos, como veremos em outro capítulo.

AS RELAÇÕES ENTRE OS ASPECTOS ORAL E ESCRITO

Já disse que a cultura popular se dá em sociedades em que há elite e povo participando de manifestações comuns como língua, religião, composição étnica e assim por diante. As manifestações populares se darão, em sua grande maioria, de forma oral. É que a comunicação em nível popular, na realidade, significa troca de informações, experiências e fantasias de analfabetos ou semiletrados com seus semelhantes. Aqui, é bom fazermos uma observação: analfabeto ou iletrado não quer dizer, em absoluto, ignorante. Basta lembrarmos as grandes civilizações, como a asteca e a incaica, nas quais todos os elementos não sabiam ler e escrever. E mesmo nas outras civilizações eram raras as pessoas que faziam uso da escrita (quando havia).

A educação em massa, como a conhecemos hoje, só começou a existir depois do império de Napoleão Bonaparte; portanto, a partir de 1810. Seus efeitos passaram a ser sentidos unicamente na segunda metade do século XIX.

Mesmo assim, podemos dizer que temos países inteiramente alfabetizados – e só os mais avançados – no século XX. E o Brasil? Bem, até hoje, aproximadamente a metade da população não tem acesso a uma escolaridade regular, o que é uma das grandes razões para o predomínio das formas orais na sua comunicação.

Tanto na literatura popular quanto na erudita, temos fundamentalmente dois aspectos: a poesia e a prosa. A poesia, geralmente tanto mais forte quanto maior o teor de analfabetismo, trata da fixação de ideias, relatos e exemplos, e tem muita possibilidade de expansão no nível público, pois costuma ser *cantada*. Existem inclusive melodias específicas para determinados assuntos, o que facilita ainda mais o reconhecimento por parte do público. Vou falar ainda bastante sobre essa modalidade.

A prosa

A prosa engloba contos e lendas, de um lado, e teatro, do outro. Há também ditados e provérbios, mas esses podem ser tanto em prosa, como ritmados. O teatro popular tem sua origem nos chamados *autos* medievais, que eram apresentados antes ou após alguma cerimônia religiosa. Eram geralmente críticos e irreverentes e, ao longo dos anos, foram sendo apresentados em feiras e outras aglomerações humanas. Uma de suas características era a grande participação do povo. Boa parte da assistência ficava no próprio palco e tomava parte nas peças, com exclamações, refrões etc. Era como um teatro de arena moderno, levado às últimas consequências. No início da colonização portuguesa no Brasil, os jesuítas utilizaram-se dos autos com a finalidade de conversão e dominação dos índios – ao que tudo indica, com bastante sucesso. Hoje em dia, temos ainda resquícios de teatro popular com o "mamulengo" – teatro de fantoches do Nordeste – e o "bumba meu boi" (auto que tem como mote as atividades de uma fazenda de criação de gado), representado, com muitas variações, por todo o país.

As histórias e lendas, fatos ocorridos ou não, são contadas de pai para filho ou por pessoas idosas, com certa habilidade, para pequenos grupos, geralmente com finalidades educativas e de exemplaridade. Esses relatos são importantíssimos para conhecer a verdadeira índole ou os interesses de uma determinada população. É justamente neles que aparecem preconceitos, mitos e até formas de crítica das pessoas que as contam e ouvem. São famosos até hoje os contadores de histórias na Índia e nos países muçulmanos. Nos Estados Unidos, ficaram famosas as "Histórias do Tio Remus", uma espécie de "preto velho". Na Alemanha, em meados do século XIX, os irmãos Grimm recolheram uma série de histórias populares que percorreram o mundo em forma de contos infantis. Todos nós conhecemos boa parte deles, como *A Bela Adormecida*, *Chapeuzinho Vermelho* e *Branca de Neve e os sete anões*.

Existe uma característica peculiar às histórias e lendas populares: sua circulação é restrita e, quando são registradas e publicadas, a tendência é desaparecer no seio popular original. Pode-se criar outras, mas as "reveladas" perdem o interesse das camadas populares. Essas lendas e contos

populares passam geralmente a fazer parte de sistemas educativos oficiais – logicamente, depois de serem tirados muitos elementos considerados nocivos, cruéis ou simplesmente desnecessários à narrativa. Aliás, é o que sempre acontece quando se "oficializam" as coisas inerentes do povo.

A poesia

Contrariamente à prosa popular, a poesia tende a perdurar, independentemente de ter sido registrada e publicada. No entanto, eu gostaria de fazer uma distinção entre a poesia "fixa" e a "móvel". A fixa é constituída por poemas e versos que são decorados e, assim, passados adiante. Como exemplo, temos as canções infantis e de ninar. Algumas dessas, que todos nós aprendemos quando criança, têm mais de 200 anos e ainda continuarão a ser cantadas por muitas gerações. Outros poemas fixos são os "cancioneiros" – histórias rimadas –, com forte teor emotivo e algum ensinamento.

Uma das histórias rimadas mais famosas é a do Antoninho, o menino que matou o pavão do professor. Há muitas versões, mas todas terminam com a morte do Antoninho, assassinado pelo cruel e vingativo mestre. Eu mesmo aprendi uma dessas versões em Guaratinguetá, em 1953, ainda menino:

Bom dia, papai, mamãe
Bom dia, devo voltar
Matei o pavão do mestre
Não sei quanto hei de pagar.

Meu filho, vai à aula
Porque tens de aprender.
Papai, eu não vou à aula
Porque sei que vou morrer

Antoninho foi à escola
Chorando pelo caminho
Quando ia subindo a escada
Estava ainda a soluçar

Crianças que da escola
Agora voltando estão,
Não viram o Antoninho
Filho de minh'estimação?

O Antoninho está na escola
Deitado em uma mesa
Em seu peito um punhal cravado
Morto como um passarinho.

Até agora falei da poesia fixa, isto é, aquela que tende a se manter coesa em torno de um acontecimento, por meio de inúmeras repetições, ao longo dos anos. Existem outras expressões poéticas populares que são produzidas ao sabor do momento. São os chamados "repentes", improvisações de poetas, geralmente cantadores, a sós ou em duplas, que encantam os ouvintes com a rapidez da formação dos versos e da certeza com que os exprimem.

Raramente essa poesia espontânea é registrada, e na

De autoria de Firmino Texeira do Amaral e xilogravura de Klévisson Viana, este é um dos folhetos mais famosos da história da Literatura de Cordel brasileira. Na realidade, o Cego Aderaldo, um dos mais famosos repentistas do Nordeste (natural do Ceará), existiu, mas não o Zé Pretinho. Quando o Cego Aderaldo lança o verso trava-línguas "Paca cara pagará Quem a paca cara compra", seu oponente não consegue manter o ritmo da cantoria e perde o desafio.

maioria das vezes se perde para todo o sempre. No entanto, ninguém liga muito. Ela, para os poetas populares, é como bolhas de sabão. Sempre se fazem mais.

De vez em quando acontece haver mais poetas, e, nesse caso, se dão os desafios, que são verdadeiras batalhas poéticas em que vence aquele que conseguir rimar durante mais tempo. São as famosas pelejas – algumas delas ficaram conhecidas pela história adentro. No caso de pelejas brasileiras, não é só a habilidade de responder ao colega, versejando, mas principalmente acompanhar o outro através dos diversos ritmos (já que tudo é cantado) e estruturas poéticas diferentes. Basta a hesitação de um dos poetas, e o público irrompe em vaias.

A LITERATURA POPULAR EM OUTROS PAÍSES: ÁFRICA, EUROPA E AMÉRICA

Já disse, anteriormente, que são muito comuns, ainda hoje, em países muçulmanos ou na Índia os contadores oficiais de histórias. São pessoas conhecidas no lugar pela habilidade de se lembrar de dezenas ou centenas de passagens merecedoras de relato. Geralmente, por um pouco de dinheiro, elas, em voz recitativa e monótona, contam histórias ou lendas de sua região.

Apesar de existir poesia repentista, nesses países é a prosa que predomina, uma vez que tanto as línguas árabes como as indianas são extremamente doces e cheias de termos "poéticos" na comunicação diária.

Em alguns países africanos, como a Nigéria, há uma vasta literatura popular crioula – na variante local do inglês – com a característica de que tudo é apresentado em forma de peças de teatro. Assim, temos trabalhos como: *Steps for the freedom of Nigeria* (Passos para a independência da Nigéria), *Which is more important, English or Yoruba?* (Qual é mais importante, inglês ou iorubá?) e um engraçadíssimo *The trial of Hitler* (O julgamento de Hitler). Neste último, o chefe nazista alemão é julgado na Nigéria por Churchill, Roosevelt e Stalin. É muito significativo o que o advogado de defesa diz a favor de Adolf.

A literatura de cordel africana - pois não deixa de ser exatamente isso - tem como mais forte colaboração uma série de peças sobre líderes importantes da África. Entre outros, apresentam-se: *The last days of Lumumba* (Os últimos dias de Lumumba - líder anticolonialista do ex-Congo Belga, atual Kinshasa), *Dr. Nkrumah in the struggle for freedom* (Dr. Nkrumah na luta pela liberdade - fala do papel do causador da independência de Gana) e *Sylvanus Olympio* (o libertador e presidente assassinado da república do Togo).

A literatura popular na Europa

Em todos os países, houve fortes e duradouras manifestações em forma de contos. Na realidade, porém, em muitos casos não se sabe quando esses contos foram transcritos da poesia para a prosa. Os *Edda* (as sagas germânicas e escandinavas) foram longamente perpetuados em forma poética, depois passados para a prosa, registrados no século XIX por folcloristas e desapareceram como tradição popular. No vale do Reno, ficaram famosas as histórias de "Rhijnhaert de Vos", a raposa que, juntamente com o lobo e o urso, infernizava as florestas da região. Ninguém pode esquecer "Thijl Uilenspiegel", o herói popular de Flandres - hoje Bélgica e Holanda. Ele é equivalente, em malandragem, ao nosso

Aqui temos um poema de Antônio Klévisson Viana, com xilogravura de João Pedro do Juazeiro, do famoso anti-herói popular Pedro Malazartes. Faz parte do conjunto chamado "Literatura dos Amarelinhos", isto é, as histórias em que os pobres vencem os ricos e poderosos pela malícia e astúcia.

Pedro Malazartes – que é Pedro Urdemales na Espanha e que, por sua vez, tem origens árabes. Conta-se que Thijl chegou a uma cidadezinha da época e o burgomestre queixou-se de que muitos malandros se aproveitavam da benevolência local e, fingindo-se doentes, passavam meses no hospital, à custa da comunidade. Thijl, fazendo-se passar por médico, percorreu as salas do hospital e, em voz alta, ia enumerando as operações e tratamentos, que pretendia oferecer aos doentes a partir do dia seguinte. O falso médico foi tão convincente, e os tratamentos, tão arrepiantes que, na madrugada seguinte, boa parte dos pacientes havia fugido. Os outros, que eram doentes mesmo, tinham morrido de medo. Assim, o hospital deixou de dar problemas para a cidade e Thijl Uilenspiegel saiu acariciando um saco de moedas de ouro que havia recebido do burgomestre.

Embora a prosa esteja muito representada, a poesia, também na Europa, marca muito mais a literatura popular. Desde os primórdios da Idade Média, temos notícias de trovadores e menestréis vagando de um lugar para outro, cantando as notícias e fatos importantes. Esses incluíam quase sempre assuntos ligados à Igreja ou à vida de santos. Milagres, já naquela época, eram a última esperança das pessoas humildes. Foi sobretudo a partir das cruzadas que tivemos um interesse maior pelos lugares longínquos. Já mencionei antes que as pessoas eram presas ao seu local de origem, à terra de seu senhor, e que as únicas possibilidades de viagem, afora as guerras, eram as peregrinações a lugares santos.

Quando os muçulmanos conquistaram a Palestina, proi-

Obra de Jerônimo Soares. Vejam o que aconteceu ao caboclo que engoliu um caroço de jaca. É uma coisa que não se recomenda a ninguém. Esta gravura é um bom exemplo do simples humor campestre, transmitido por um dos melhores gravadores do cordel brasileiro.

biram as visitas para os cristãos, já que, para os árabes, Jerusalém é tão sagrada como para os cristãos. Os europeus, em geral, utilizaram esse pretexto para armar grandes exércitos e invadir a "Terra Santa". Essa movimentação toda e a miscelânea de exércitos de várias procedências deram razão a um grande intercâmbio cultural, que motivou muitos cantadores da época.

Assim, temos, na Europa toda, uma forte literatura popular, sobretudo em verso. Ela, aos poucos, se ia fixando em determinadas regiões de maior confluência de pessoas. Logo depois da invenção da imprensa – 1450 – já se iniciam as primeiras impressões de poemas populares. Na França, começa uma vultosa produção literária popular na cidade de Troyes (relativamente próxima a Paris), no ano de 1483. Essa cidade tornou-se famosa durante 400 anos por causa da publicação de folhetos e almanaques populares. Acredita-se que lá se publicaram aproximadamente 1.500 títulos (o que foi muito para a Europa, mas nada para o Brasil, onde, em pouco mais de cem anos, se publicaram entre 15 mil e 20 mil). Os livretos de Troyes receberam o nome de *Bibliothèque Bleue* (biblioteca azul) por causa da capa dos folhetos. As obras eram do mesmo tipo da nossa literatura de cordel – logicamente, versando sobre acontecimentos franceses. Eram geralmente em verso, mas os havia em prosa e mistos. Chamava-se *colportage*. *Col* significa "nuca"; os vendedores de livretos costumavam carregá-los numa caixa diante do peito, prendendo-a com uma corda que passava pela nuca (como alguns camelôs de nossos dias).

Embora tenha havido poucos títulos em relação ao Brasil,

as tiragens eram muito grandes – por volta de 8 milhões de exemplares. Uma da obras mais divulgadas era a *Canção de Rolando*. Rolando era sobrinho de Carlos Magno e morreu, segundo a lenda, no norte da Espanha, defendendo a retirada do imperador. Essa obra foi escrita uns duzentos anos após o ocorrido. Depois disso, foi reescrita centenas de vezes, e ainda hoje é impressa em forma poética no Brasil.

A literatura popular na Inglaterra foi também muito expressiva e segue ditames semelhantes aos da França. Existe, em forma impressa, desde a instalação das primeiras gráficas no país. Era chamada de *ballads* (baladas) e *broadsides* (lado largo), pois estes eram feitos para cantar e impressos só de um lado do papel. Da Inglaterra, essa produção popular passa para todos os países de colonização britânica. Há, também, tanto produções em verso como em prosa, mas, no final do século passado, os versos vão-se extinguindo, e esse tipo de literatura é confundido como obras ou novelas de escritores famosos da época, como Charles Dickens, impressas em formatos de baixo custo.

Na Holanda, na Alemanha e em todos os países europeus, enfim, se conhece vasta produção literária destinada às classes de menor poder aquisitivo. Nos dois países citados, aparecem inclusive os primeiros livretos que falam sobre o Brasil. Um deles é o famoso relato de Hans Staden, salvo por um navio francês após o seu cativeiro com aborígines brasileiros. O que acontece é que essa literatura vai-se extinguindo aos poucos, devido ao ensino obrigatório às populações e por causa da penetração da imprensa. Ela tende a perdurar mais nos lugares onde se falavam dialetos, como

Limburg (Holanda), Baviera e Renânia (Alemanha), Galícia (Espanha), Normandia (França) e Sicília (Itália). Dessa maneira, existiam folhetos regionais, nesses lugares, até a década de 1920. Em Portugal e na Galícia, há notícias de publicações populares até hoje – quase todas em prosa.

É da Península Ibérica que vem o nome *literatura de cordel*, pois os livretos eram expostos em lugares públicos, pendurados em barbantes. No Brasil, o costume sempre foi expor os folhetos no chão, sobre folhas de jornal ou dentro de uma mala aberta. Isso permitia ao vendedor poder evadir-se rapidamente quando aparecia algum guarda ou fiscal. Mesmo assim, os estudiosos persistiram no nome literatura de cordel, e, hoje, dificilmente alguém a chama por outro nome.

A literatura popular na América

Em termos gerais, pode-se dizer que a influência da metrópole foi total nas colônias. Houve, sempre, tendências de cunho regional, devido a clima, etnias e modos de produção, mas foram transportadas para o continente americano tanto as coisas boas como as ruins de cada país. Nesse sentido, vemos, aqui na América, a continuação da situação do país de origem, com exceção, talvez, dos Estados Unidos. Este país era, inicialmente, um local de refúgio para pessoas que queriam praticar livremente a sua religião e vida comunitária. Nada fizeram, porém, de bom para os habitantes locais, nem, mais tarde, para seus vizinhos.

Aliás, o desprezo para com a cultura autóctone foi geral em todos os países da América, e hoje sofremos com isso,

parte dos países americanos têm sua poesia popular. Nos Estados Unidos e no Canadá inglês, a prosa e o verso populares foram reunidos em livretos chamados *Chap-books*, que hoje são raros. No Canadá francês ainda se encontram produções poéticas populares, embora em pequena proporção. Por outro lado, em Porto Rico há produção abundante. Em toda a América Central existe o equivalente a nossa literatura de cordel, mas foi no México que ela teve sua maior expressão. Os poemas são chamados de *corridos*, e quase sempre aparecem impressos em folhas volantes. Os mais famosos *corridos* foram os da época da revolução mexicana. Darei como exemplo *El fusilamiento del general Felipe Ángeles*:

> En mil novecientos veinte,
> señores, tengan presente,
> fusilaron en Chihuahua
> un general muy valiente.
>
> En la estación de La Aurora
> el valiente general,
> con veinte hombres que traía,
> se les paraba formal.
>
> Allí perdió diez dragones
> de los veinte que traía
> y con el resto se fué
> por toda la serranía.
>
> ....
>
> En el cerro de La Mora

parte dos países americanos têm sua poesia popular. Nos Estados Unidos e no Canadá inglês, a prosa e o verso populares foram reunidos em livretos chamados *Chap-books*, que hoje são raros. No Canadá francês ainda se encontram produções poéticas populares, embora em pequena proporção. Por outro lado, em Porto Rico há produção abundante. Em toda a América Central existe o equivalente a nossa literatura de cordel, mas foi no México que ela teve sua maior expressão. Os poemas são chamados de *corridos*, e quase sempre aparecem impressos em folhas volantes. Os mais famosos *corridos* foram os da época da revolução mexicana. Darei como exemplo *El fusilamiento del general Felipe Ángeles*:

En mil novecientos veinte,
señores, tengan presente,
fusilaron en Chihuahua
un general muy valiente.

En la estación de La Aurora
el valiente general,
con veinte hombres que traía,
se les paraba formal.

Allí perdió diez dragones
de los veinte que traía
y con el resto se fué
por toda la serranía.

....

En el cerro de La Mora

le tocó la mala suerte,
lo tomaran prisionero
le sentenciaron a muerte.

Ángeles mandó un escrito
al Congreso de la Unión,
a ver si de la alta cámara
alcanzaba salvación.

Pero no le permitieron,
por ser un reo militar,
y dijo a sus compañeros:
– Ya me van a fusilar.
....

El reloj marca sus horas,
se llega la ejecución:
– Preparen muy bien sus armas
y tírenme al corazón.

"Yo no soy de los cobardes
que le temen a la muerte,
la muerte no mata a nadie,
la matadora es la suerte."

"Yo no soy de los cobardes
que manifiestan tristeza,
a los hombres como yo
no se les da en la cabeza."

> Ya con ésta me despido,
> por las hojas de un nogal,
> fusilaron em Chihuahua
> un valiente general.

Existe literatura popular expressiva na Venezuela e na Colômbia, mas nos países andinos, como Equador, Peru e Bolívia, ela se confunde com a cultura ameríndia. A mesma coisa acontece no Paraguai. No restante dos países do Cone Sul, porém, aparece de forma abundante. No Chile, o aspecto poético é conhecido como *poesia criolla* e, no Uruguai e na Argentina, existem as famosas *payadas*, o repentismo gaúcho (deles), muito parecido com a poesia popular do Rio Grande do Sul. Há pouca coisa impressa nos três últimos países citados, mas a produção oral é abundante.

Na Argentina, tornou-se famoso o herói popular *Martín Fierro*, gaúcho pobre, de mil aventuras, em meados do século XIX. Era sempre "o primeiro na fileira de batalha e o último na fila de receber o soldo". Há um longo poema, escrito por José Hernández, sobre essa figura mitológica. Martín Fierro, embora nunca tenha existido de fato, é hoje símbolo nacional do herói argentino, comparável ao nosso Lampião. Vejamos um dos conselhos de Martín Fierro:

> Eu não tive mais escola
> que uma vida desgraçada;
> desculpem se na jogada
> alguma vez me equivoco,

pois deve saber mui pouco
quem não pôde aprender nada.

Homens há cuja cabeça
só de saber se povoa;
aos sábios ergam-se loas,
mas isto devo dizer:
melhor que muito saber
é o aprender coisas boas.

A LITERATURA POPULAR NO BRASIL: VARIEDADES E ILUSTRAÇÃO DA LITERATURA DE CORDEL

A diferença fundamental entre prosa e poesia popular no Brasil é que a prosa raramente aparece impressa. Só a conhecemos por meio dos escritos dos folcloristas, nem sempre acessíveis ao grande público. A poesia popular aparece em proporção muito maior, sobretudo a nordestina. Mesmo que grande parte dela se perca – quando é oral e improvisada –, temos, no Brasil, em números aproximados, entre 15 mil e 20 mil livrinhos impressos, aos quais damos o nome generalizado de literatura de cordel.

Embora exista em todo o território nacional, foi no Nordeste que a literatura de cordel se desenvolveu de forma excepcional, sobretudo nos últimos cem anos – justamente porque foi mais ou menos a partir dessa época que o povo conseguiu fazer uso da imprensa no Brasil. A grande vantagem da literatura de cordel sobre as outras expressões da literatura popular é que o próprio homem do povo imprime suas produções, e do jeito que ele as entende.

Temos nela, também, uma grande lição de economia. A literatura de cordel é uma demonstração contínua de como se pode imprimir algo a custo mínimo. É preciso, porém, não confundir as coisas. O povo comum se exprime por meio de manifestações simples por ser essa a única forma que seus parcos recursos permitem. De outra forma, usaria materiais mais caros. Muitos folcloristas entendem manifestação popular como necessariamente pobre. Acho que ela é importante porque se dá apesar da pobreza generalizada.

De qualquer maneira, nos livretos de cordel vemos toda a espécie de recursos para baratear a produção. Para começar, o papel, tipo jornal. As capas costumam ser um pouco melhores (do tipo de papel usado para embrulho comum). O tamanho dos folhetos quase sempre gira em torno das medidas 11 cm por 16 cm. Isso dá exatamente uma folha tipo sulfite dobrada em quatro. Por isso mesmo, o número de páginas da literatura de cordel deve ser múltiplo de oito (cada folha sulfite dobrada em quatro dá possibilidade para oito páginas impressas).

Hoje em dia, quase todos os folhetos têm oito páginas. Antigamente, era muito comum se verem folhetos de 16, 32 e até de 48 e 64 páginas. Os nomes eram dados de acordo com o número de páginas. Os de oito eram chamados de *folheto* (nome, hoje, genérico); os de 16 páginas eram os *romances* e geralmente tratavam de assuntos amorosos, na maioria das vezes trágicos. Os de 32 páginas em diante chamavam-se *histórias* e eram feitos pelos melhores poetas. Os assuntos eram também considerados os mais interessantes, pelo grande espaço a eles dedicado. Em alguns casos, chegava-se a abrir vários volumes, mas, com o passar do tempo, devido ao encarecimento do papel e da impressão, as histórias e romances foram deixando a preferência popular.

Classificação da literatura de cordel

Muitos estudiosos da literatura popular já se preocuparam com o assunto. Houve até livro escrito a respeito, com inúmeras divisões e exemplificações. Na realidade, isso é absurdo. Seria a mesma coisa que dividirmos a literatura brasileira em heróica, obscena, de banditismo, religiosidade e temas medievais. E os autores, onde é que ficam? E como iríamos classificar os escritores pelo país afora?

Devemos ter em mente que a literatura de cordel é semelhante a qualquer outra literatura, isto é, tem *autores*. Esses autores podem ter preferências por algum tema, mas, nesse caso, eles, e não a literatura de cordel, é que devem ser estudados de acordo com temas. Existem, no Brasil, até institutos que dividem suas coleções de folhetos por temas, e não por autor, o que, ao meu ver, é um verdadeiro atentado ao poeta popular.

É lógico que o escritor de folhetos, por ser de origem popular, tenderá a escrever seus poemas para seu meio adequado – o povo. Ele vai tratar dos assuntos todos sob o ponto de vista comum ao seu meio. Se tratar de religião, por exemplo, vai escrever sobre as coisas da forma como ele e seus leitores estão acostumados a tratar do assunto. Daí o grande número de folhetos que falam do diabo – o cão, como é geralmente chamado. Esse personagem não costu-

Allan Sales

SE DEUS INVENTOU A MULHER A SOGRA FOI O SATANÁS

Xilogravura: Marcelo Soares

FOLHETARIA CORDEL
Timbaúba-PE
2001

Poema de autoria de Allan Soares, poeta cearense morador em Recife. Xilogravura de Marcelo Soares. Editado pela Folhetaria Cordel, Timbaúba (PE), 2001. Só o título já explica o conteúdo da obra.

ma ser exclusivamente a personificação do mal, mas um elemento que convive com as pessoas do povo. É que o leitor tradicional de folhetos tem fortes origens rurais e, como tal, sente mais o fatalismo da natureza, como chuva, sol e pestes, e tende a atribuir tudo isso muito mais facilmente à interferência do sobrenatural. O demônio e alguns santos aparecem, por isso, com certa frequência, mas sempre revestidos de muitas características humanas. É mais ou menos a isso que se chama de "catolicismo popular".

Temos, ainda, dois personagens muito comuns em livretos. Um deles é o padre Cícero Romão Batista – fundador e pároco vitalício da cidade de Juazeiro (Ceará), hoje venerado como santo e conhecido por todos os nordestinos pelo nome de "Padim Ciço". Há poucos anos, morreu Frei Damião, capuchinho italiano que, durante muitas décadas, viveu pregando para as pessoas humildes de todo o Nordeste, falando dos castigos em que incorrem os pecadores. Ele também foi tido como santo pelo povo, embora muitos bispos da região, em suas respectivas dioceses, chegassem a proibir suas missões, por considerá-las contrárias às tendências modernizadoras da Igreja.

Conheço uns trezentos folhetos sobre o padre Cícero e outros tantos a respeito de Frei Damião, mas, se fosse agregá-los sob um único tema, eu teria, pelo menos, duzentos poetas, de origens e intenções diferentes, falando por acaso sobre o mesmo tema, sem ter conhecimento uns da obra dos outros.

A mesma coisa se dá com heróis populares nordestinos, como os cangaceiros Lampião e Antônio Silvino.

Esta gravura de Marcelo Soares representa, ao mesmo tempo, Antonio Conselheiro, Padre Cícero e Frei Damião. Com o passar do tempo, o artista popular residente na cidade não se lembra exatamente das feições de um ou dos três santos populares. Apenas o gesto dos braços levantados – para lembrar ao pecador que já é tempo de parar...

Por tudo isso, podemos dizer, simplesmente, que a literatura de cordel, como é popular, trata dos assuntos que interessam ao povo. E, quando o faz, refere-se a assuntos e pessoas sob o ponto de vista popular. O que eu posso sugerir é que se estude a literatura de cordel a partir de seus autores. Quanto mais os conhecermos, tanto melhor conheceremos o povo – seus leitores – e os assuntos de que tratam.

"Abecês" e desafios

Existem duas estruturas de folhetos que chamam a atenção pela sua apresentação. Uma delas chama-se "abecê" e caracteriza-se pelo fato de cada sílaba começar com uma letra do alfabeto. A intenção implícita de um "abecê" é tratar de um assunto por inteiro.

Vou mostrar um "abecê" de Paulo Nunes Batista – poeta nordestino morador em Anápolis, Goiás, um dos melhores abecedistas do país:

O dentista em ABC

Abrindo a boca (dos outros)
no mundo onde impera a dor
de dentes, o tiradentes,
dentista restaurador –
restaura, trata, obtura:
da boca, da dentadura
é o "nosso mestre", o doutor.

Severino José é o pseudônimo de Zacarias José dos Santos, sergipano, advogado trabalhista, ativo em São Paulo, e a xilogravura é de Marcelo Soares. Este poema procura alertar os trabalhadores para os seus direitos.

Boca – aí começa tudo,
pois, sem boca, ninguém come,
e, sem comer, não se vive
porque se morre de fome.
Da boca – o médico-artista
é o nosso amigo, o dentista,
de quem sempre louvo o nome!

A descrição do dentista e do seu trabalho vai até a letra "Z", e então o poeta faz uma descrição total.

Outra estrutura muito comum e facilmente identificável na literatura de cordel é o "desafio", ou "peleja", que consiste no embate poético entre dois cantadores. O desafio é uma das modalidades mais comuns na cantoria – parte oral da poesia popular. Os desafios escritos são usualmente puras invenções ou recriações de algo havido anteriormente. Geralmente, os poetas procuram dificultar o trabalho do outro, mudando de tema ou estrutura poética. Além disso, tem a "deixa", que é a obrigação de um poeta continuar com a rima final do verso do outro.

Exemplifico agora com a "Peleja de Antônio Correia com Manoel Camilo Santos", de autoria do último. Isso significa que o desafio foi reescrito ou criado por Manoel Camilo dos Santos e que ele é, provavelmente, o vencedor.

Manoel Camilo:
Correia pergunto a si
qual o significado
de você chegar aqui

p'ra cantar sem ser chamado
porque se veio a propósito
lhe digo, veio enganado.

Correia:
É porque fui informado
que você disse outro dia
que todo mundo lhe teme
na arte da poesia
vim lhe provar que não temo
a ninguém na cantoria.

Manoel Camilo:
Já não me lembro do dia
do lugar nem do momento
que eu tenha dito isso
mas agora eu acrescento
se você veio a propósito
como disseram eu sustento.

E, assim, a luta começa, até um dos dois desistir. Há sempre um assunto que servirá de tema. Ele pode ser sugerido por um dos poetas ou por uma pessoa presente ao debate.

Formas de versejar

Existem muitas maneiras de ordenar os versos de cordel. O importante é lembrar que cada uma delas possui uma forma especial de ser cantada. Esse aspecto, aliás, é primordial para que uma estrutura poética possa ser chamada de popular. A possibilidade musical tem de estar presente mesmo que o poema seja somente declamado.

A forma mais comum é a "sextilha" – estrofes de seis versos com sete sílabas cada uma. As rimas costumam ser iguais no segundo, quarto e sexto versos. Aqui, um exemplo da autoria de José Francisco de Souza, morador da Grande São Paulo:

> O Cantador Repentista
> Canta por convicção
> Tem presença de espírito
> Para qualquer narração
> Representa muito bem
> As belezas do Sertão*

Outra forma muito usada é o "martelo agalopado", com estrofes de dez versos com dez sílabas cada um. Mais um exemplo de José Francisco de Souza:

> O Repentista Poeta de talento
> quando canta Jesus lhe favorece
> canta coisas que o povo não conhece
> mas precisa tomar conhecimento
> p'ra saber desse nosso movimento
> e não ficar por demais destanciado

---

* *Rima: xaxaxa (sendo x qualquer terminação e a uma determinada)*

gostaria de um grupo controlado
que entendesse o valor de um artista
que cantando não perde sua pista
nos dez pés de martelo agalopado.*

Modalidades também conhecidas são o "quadrão", o "mourão" e muitas outras. O pesquisador Sebastião Nunes Batista achou mais de cem. Um bom poeta cantador conhece pelo menos umas vinte e tantas. Sempre é bom lembrar, porém, que na parte impressa, na literatura de cordel propriamente dita, mais de 80% vêm em forma de sextilha.

A ilustração dos folhetos e sua impressão

Uma das coisas que mais chamam a atenção, ao observar um folheto, é a capa. Freqüentemente, ela apresenta uma gravura, quase sempre um tema condizente com o conteúdo do livreto. Como a matriz dessa gravura é de madeira, o produto se chama "xilogravura". Algumas dessas gravuras foram tão de agrado a algumas pessoas que se passou a produzi-las fora do contexto da literatura de cordel. Hoje, constituem um dos itens mais importantes de exportação da arte brasileira.

Muitas pessoas acham estranha essa cobiça de estrangeiros pelas simples produções gráficas de cunho popular. A razão é muito simples: nós valorizamos grandes artistas brasileiros como Cândido Portinari, Tarsila do Amaral,

* *Rima: abbaaccddc*

Walter Lewy e outros. Entretanto, em cada país estrangeiro há artistas locais importantes equivalentes. O que não existe, porém, são os gravadores populares, com sua linha regional e seus preços acessíveis. Dessa maneira, uma modalidade pequena e auxiliar passou a constituir uma das formas características de arte popular brasileira, assim como existem as estatuetas do Mestre Vitalino e a cerâmica de Tracunhaém (ambos de Pernambuco).

A xilogravura de cordel responde a um desejo de ilustrar os folhetos. Antigamente, isso era feito com simples recursos tipográficos, como vinhetas e outros pequenos enfeites. Depois, passou-se a usar clichês com base em um desenho ou tirados de cartões-postais. A partir dos últimos 40 anos, ficaram conhecidas as improvisações feitas para preencher a falta de outros tipos de ilustração. Tudo começou com o agora famoso Mestre Noza, em Juazeiro do Norte. Ele sempre foi santeiro conhecido (entalhador de estátuas), e resolveu cortar uma tabuinha para servir de capa a um folheto. A coisa deu certo, e a aceitação foi imediata. Alguns anos depois, já havia diversos gravadores, e muitos estudiosos achavam que a xilogravura era a forma mais original de ilustrar um folheto de cordel. Hoje em dia, boa parte dos livretos apresenta gravuras na capa; criou-se, assim, uma nova e muito forte modalidade artística popular.

Dentre os grandes gravadores estão, além do já falecido Mestre Noza, Abraão Batista (Juazeiro do Norte), José Costa Leite (Condado, PE), J. Borges (Bezerros, PE), Dila (Caruaru, PE) – um dos mais conhecidos –, Minelvino Francisco Silva (recém-falecido em Itabuna, BA), Marcelo Soares (Timbaúba,

PE), Jotabarros (São Paulo), Erivaldo (Rio de Janeiro) e Jerônimo Soares (São Paulo).

O engraçado da história é que as xilogravuras começaram a ficar conhecidas e cobiçadas no Brasil a partir de uma exposição que houve em Paris, no ano de 1965, o que confirma o ditado popular de que "santo de casa não faz milagre".

Atualmente, gravura de cordel é sinônimo de arte popular legitimamente brasileira. Em 2002, por exemplo, o gravador José Borges foi convidado a expor suas obras em cinco importantes museus dos EUA, inclusive o Guggenheim e o Metropolitan.

ALGUNS GRANDES AUTORES DA LITERATURA DE CORDEL BRASILEIRA

É impossível colocar o nome de todos os poetas da literatura de cordel. Átila de Almeida (um dos maiores pesquisadores da área) chegou a catalogar cerca de 3.500. Além disso, surgem novos nomes em todos os cantos do país.

Prefiro falar mais detalhadamente de apenas seis, porque eles representam certas épocas importantes, além de tendências significativas da literatura de cordel brasileira.

Leandro Gomes de Barros (Pombal, PB, 19/11/1865 – Recife, PE, 04/03/1918)

Leandro foi um dos primeiros poetas a imprimirem seus versos no Brasil. Também foi o mais famoso. Algumas de suas obras continuam sendo vendidas até hoje. Não se sabe exatamente quantos poemas ele escreveu, dizem que passam de mil, mas há cerca de trezentos catalogados. Aos poucos, os pesquisadores estão descobrindo mais folhetos

Reprodução do lendário poeta Leandro Gomes de Barros. Ele pode ser considerado o maior poeta popular de todos os tempos. Alguns de seus poemas, como O cachorro dos mortos *e* A história do boi misterioso, *chegaram a tiragens acima de 1 milhão e continuam sendo publicados até nossos dias.*

desse autor. É que antigamente não se cuidava dos direitos autorais como hoje, e, quando Leandro morreu, sua viúva vendeu os folhetos do marido para outro grande poeta, João Martins de Athayde, que continuou a publicá-los com seu próprio nome. Na época, o que mais importava era o nome do editor, responsável pela distribuição e venda dos folhetos. O nome do autor geralmente vinha no fim, em forma de acróstico.

Vejamos a última estrofe de *O cachorro dos mortos*, do qual foram vendidos mais de 1 milhão de exemplares:

> L – eitor, não levantei falso,
> E – screvi o que se deu,
> A – quele grande sucesso
> N – a Bahia aconteceu,
> D – a forma que o velho cão
> R – olou morto sobre o chão,
> O – nde o seu senhor morreu.

Há mais de uma dezena de livros escritos exclusivamente a respeito de Leandro Gomes de Barros, e não há dúvida de que, até hoje, nenhum outro poeta da literatura de cordel e, menos ainda, da literatura "oficial", conseguiu igualar-se, quer em qualidade de versos, quer em penetração popular.

João Martins de Athayde (Ingá, PB, 1880 – Recife, PE, 1959)

Athayde foi o mais significativo editor de literatura de

cordel de todos os tempos. Em 1921, ele comprou da viúva de Leandro Gomes de Barros os direitos autorais do grande poeta. A partir daí, passou a editar também os poemas de Leandro. O que atrapalhou muitos pesquisadores foi o fato de ele omitir o nome original e colocar apenas o seu. Na época, porém, isso não era considerado motivo de censura, pois os poemas de Leandro eram conhecidos por todo o mundo. Além disso, Athayde declarava-se sempre "editor proprietário".

Em 1950, vendeu todos os seus direitos (inclusive os que tinha adquirido) para José Bernardo da Silva, que se estabelecera em Juazeiro do Norte, com a Tipografia São Francisco. Dessa maneira, deslocou-se para o Estado do Ceará o maior conjunto publicável de literatura de cordel.

João Martins de Athayde foi, ele próprio, também um grande poeta. Escreveu centenas de poemas, como *História de Joãozinho e Mariquinha*, *História do valente Vilela* e *História de Roberto do Diabo* (este último, uma lenda medieval).

Foi na época de João Martins de Athayde que a literatura de cordel conheceu seu apogeu. Milhares de folhetos saíam semanalmente da folheteria de Athayde e cobriam todo o Nordeste, o Norte e algumas comunidades do Rio de Janeiro. Ele se orgulhava de que nunca tivera de vender seus próprios folhetos. Tinha muitos agentes a sua disposição e era uma das pessoas mais conhecidas do povo nordestino. Com sua doença e falecimento, a literatura popular perdeu um de seus maiores esteios.

Cuíca de Santo Amaro
(Salvador, BA, janeiro de 1910 – Salvador, BA, 1965)

Seu nome verdadeiro era José Gomes, mas ele assinava todas as suas obras como D'Ele o Tal Cuíca de Santo Amaro. Cuíca foi um dos mais terríveis poetas populares que já existiram. Era um verdadeiro libelo contra corruptos e poderosos de sua época. Andava pelas ruas de Salvador impecavelmente vestido de fraque, chapéu-coco e um cravo vermelho à lapela. Tinha sempre à mão um de seus folhetos, que apregoava em locais como o Elevador Lacerda, a Baixa dos Sapateiros e feiras populares. Ele chegava a anunciar futuras obras sobre este ou aquele crime ou notícia de corrupção. Frequentemente, acontecia de a personalidade envolvida procurá-lo e comprar toda a edição. Mas ele sempre guardava alguns exemplares para colecionadores amigos, entre os quais Jorge Amado. Este escreveu sobre ele em várias de suas obras. Assim, Cuíca foi personagem de *Tereza Batista, cansada de guerra* e do conto *A morte de Quincas Berro D'Água*.

Cuíca era frequentemente preso por ofender algum delegado ou autoridade estadual da Bahia. Por isso mesmo, ele passou a carregar consigo, permanentemente, uma expedição de *habeas corpus*, mas isso não evitava que os mais exaltados chegassem até a lhe encomendar surras homéricas. Por outro lado, Cuíca de Santo Amaro era muito estimado pelo povo, cujas reivindicações sempre endossava.

Sua linguagem era direta e ferina. Não poupava ninguém. Escreveu centenas de obras, mas poucas existem hoje em dia. Talvez, cerca de 200. Elas estão entre as preciosidades bibliográficas da literatura de cordel. Dentre sua numerosa obra, coloco aqui alguns títulos que mostram bem o espírito combativo do poeta:

- *O prefeito que foi pegado com a boca na botija*
- *O marido que passou o cadeado na boca da mulher*
- *O casamento de Orlando Dias com Cauby Peixoto*
- *Carlos Lacerda e sua diabruras*
- *A capacidade do General Lott*
- *Padre tarado*
- *A mulher que morreu no "tira-gosto"*
- *Garotas que andam sem camisa e sem cueca*
- *Sururu na Prefeitura*
- *O salário mínimo e o aumento... da fome*
- *O beija-beija atrás da igreja*
- *O namoro no cinema*

Em seu poema *Olhe Cosme e Damião*, ele descreve a ação da polícia, que costumava aparecer em duplas, em Salvador:

Gritam aqueles que votaram
Veja que situação!!!
Na feira sobe a farinha
Na venda sobe o feijão
Quando o povo reclama
Lá vem Cosme e Damião.

Sobe o peixe no mercado
Também sobe o camarão
O bacalhau de barrica
Também sobe o de caixão
E quando o povo reclama
Lá vem Cosme e Damião.

Rodolfo Coelho Cavalcante
(Alagoas, 12/3/1919 – Salvador, BA, 08/10/1986)

Rodolfo morou muitos anos em Salvador e é considerado

um dos poetas mais atuantes da literatura de cordel. Escreveu mais de 1.500 poemas, e um deles ultrapassou 1 milhão de exemplares vendidos. Foi a obra *A moça que bateu na mãe e virou cachorra*. Com a venda de somente esse folheto, ele conseguiu adquirir a casa onde sua família mora ainda hoje.

Além de poeta muito ativo, Rodolfo Coelho Cavalcante foi um dos maiores líderes de sua classe. Organizou vários congressos de poetas populares – o primeiro em 1955. Também fundou diversos jornais que promovem a poesia popular. Foi unanimemente proclamado presidente da Ordem Nacional dos Cantadores e Poetas de Cordel. Como se vê, um homem muito ativo, além de bom repentista.

Viajava muito e aparecia em todos os lugares defendendo a literatura de cordel. Não tinha receio de falar com altas autoridades e, em sua época, conseguiu transformar a cidade de Salvador em um dos maiores centros de produção e venda de folhetos. Se depender de pessoas como ele, a literatura de cordel não morrerá nunca.

Patativa do Assaré
(Assaré, CE, 1909 – Assaré, CE, 2002)

Foi um dos poetas mais famosos das últimas décadas. Diversos livros foram escritos especialmente sobre ele, além de centenas de artigos e entrevistas publicadas. Já foi motivo de filme e teve alguns de seus poemas gravados por cantores famosos como Luiz Gonzaga e Rolando Boldrin.

Seu nome verdadeiro era Antonio Gonçalves da Silva. Tomou o nome de Patativa, uma ave do sertão, por esse ser

Mais uma das cerca de 500 histórias escritas sobre o famoso Cangaceiro, desta vez, por Rodolfo Coelho Cavalcante e capa de Mariano. O fato de Lampião ter entrado no céu se deveu, segundo a lenda, por ele ter brigado com Satanás no inferno (seu destino natural) e, assim, ter sido expulso. Não houve outro jeito a não ser dirigir-se ao céu, onde deve estar até hoje.

um costume entre muitos cantadores, e de Assaré por lá ter nascido. Tornou-se conhecido relativamente tarde, pois passou boa parte de sua vida como agricultor, na sua terra. Com sua visão de comunicador popular, sempre tratava dos problemas do homem simples, diante das vicissitudes da vida moderna. Nos seus últimos anos de vida, quase cego e com dificuldades de locomoção, chegou a ser venerado como símbolo de expressão e resistência popular.

Para exemplificar seus trabalhos, citaremos algumas estrofes de sua obra *Emigração e as consequências*, em que ele descreve a miséria e a desintegração da família do migrante em alguma das grandes cidades do Sul. Pai e mãe, ambos trabalhando em suas humildes ocupações, vivendo em favela e tendo de abandonar as crianças em casa, à sua própria sorte:

Eles ficando sozinhos
Logo fazem amizade
Em outros bairros vizinhos
Com garotos da cidade,
Infelizes criaturas,
Que procuram aventuras
No mais cruel padecer,
Garotos abandonados
Que vagam desesperados
Atrás de sobreviver.
Estes pobres delinqüentes,
Os infelizes meninos
Atraem os inocentes
Flagelados nordestinos

E estes, com as relações,
Vão recebendo instruções
Com aqueles aprendendo
E assim, mal acompanhados,
Em breve aqueles coitados
Vão algum furto fazendo.

E muito em breve:

A sua filha querida
Vai por uma iludição
Padecer prostituída
Na vala da perdição.
E além da grande desgraça
Das provações que ele passa
Que lhe fere e que lhe inflama
Sabe que é preso flagrante
Por causa insignificante
Seu filho a quem tanto ama.

Antônio Klévisson Viana escreveu e fez a capa deste poema para comemorar a eleição de um presidente saído das lides operárias.

Antônio Klévisson Viana Lima
(Quixeramobim, CE, 03/11/1972 –)

Klévisson, como é geralmente chamado, é ainda muito jovem, mas representa o presente e o futuro da literatura de cordel no Brasil. Radicado atualmente em Fortaleza, tem-se dedicado ativamente não somente à produção de folhetos, mas tornou-se um dos mais premiados cartunistas do país, com obras publicadas por todo o Brasil, além da Turquia, Itália, Bélgica e Holanda. Escreveu, também, vários álbuns de histórias em quadrinhos, como o premiado *Lampião... era o cavalo do tempo atrás da besta da vida*. Com alguns amigos, fundou a Editora Tupynanquim, especializada em literatura de cordel, e já publicou mais de duas centenas de folhetos. Muitos desses são reedições de poetas famosos, como Leandro Gomes de Barros, José Costa Leite e José Camelo de Melo Rezende. Por outro lado, não se esqueceu dos poetas novos de seu Estado, e pode-se dizer que, hoje, o Ceará se tornou o maior pólo de produção de literatura de cordel no país. Outros foram escritos em parceria com Téo Azevedo, Bule-Bule, Vidal Santos, Rouxinol do Rinaré e Arievaldo Lima. Dentre as obras propriamente suas, temos: *A malassombrada peleja de Pedro Tatu com o Lobisomem*; *O romance da quenga que matou o delegado*; *O príncipe do oriente e o pássaro misterioso*; *O cachorro encantado e a sorte da megera* e muitas outras. Podemos dizer que a carreira de Klévisson na literatura de cordel está apenas começando e que o trabalho dele, e o de centenas de outros jovens como ele, constitui uma prova de que a produção de folhetos não terminará tão cedo no Brasil.

A URBANIZAÇÃO E A POLITIZAÇÃO DA LITERATURA DE CORDEL

Acho que ficou suficientemente claro para todos que a literatura de cordel está longe de desaparecer como modalidade preferida de manifestação cultural popular no Brasil. No entanto, uma coisa precisa ficar bem esclarecida: houve uma mudança considerável nos últimos anos.

Antigamente, a poesia popular era praticamente o único veículo de informação e formação de vastas camadas populacionais do interior do Brasil, notadamente no Nordeste. Hoje, com os seguidos êxodos rurais, os antigos camponeses viraram marginais, favelados, habitantes periféricos de todas as grandes cidades do país, além de bóias frias do interior sulino e, em alguns casos, cidadãos prósperos e influentes. As grandes transformações de cunho social no Brasil, nos últimos cinqüenta anos, se deram a partir das migrações nordestinas. É um novo Brasil que se move de baixo para cima e que merece toda a nossa atenção, pois são cidadãos como outros quaisquer e não têm, em absoluto, qualquer culpa pelas desditas que lhes aconteceram, sobretudo nas últimas décadas.

Consigo, trouxeram a sua cultura e, como baluarte, a poesia popular, um dos esteios da expressão do homem brasileiro.

Essa poesia, a literatura de cordel, ao longo dos anos sofreu uma mudança, não na sua estrutura, mas na sua essência. Antigamente, era portadora de anseios de paz, de tradição, e veículo único de lazer e informação. Hoje, é portadora, entre outras coisas, de reivindicações de cunho social e político. Não somente para os nordestinos e descendentes, mas para todos os habitantes do Brasil. Por isso ela continua importante, pois os poetas populares, por meio dela, mostram a verdadeira situação do homem do povo.

Já se foi o tempo em que o poeta popular se referia a princesas e cavaleiros andantes, o tempo de bichos que falavam e de cangaceiros arrependidos. A participação hoje é direta. Embora os velhos folhetos de cordel ainda sejam reeditados, lidos e comentados, os poetas populares, tornados habitantes das grandes metrópoles, sentem como ninguém os graves problemas que atingem a todos. E sua voz se faz ouvir. Cada vez mais forte. Embora sempre procure salvaguardar os sentimentos de nacionalismo e dignidade humana, o poeta popular percebe que, para vencer as dificuldades do momento, é preciso muita luta. E ele, como porta-voz dos fracos, deverá estar na frente.

Exemplos de folhetos de cordel

Gostaria de terminar este trabalho com o texto integral de

A capa deste cordel é de José Costa Leite, um dos mais famosos do Brasil. Ele já editou pelo menos 700 folhetos. O autor, Zé da Madalena, nascido na Bahia, filho dos cangaceiros Dadá e Corisco, se estabeleceu, depois, em Brasília e, hoje, aposentado, se dedica à poesia popular.

dois importantes folhetos da literatura de cordel brasileira. O primeiro chama-se *Cartilha do povo* e é de autoria de Raimundo Santa Helena, nascido entre a Paraíba e o Ceará, em 1926. Ele fala com o ódio incontido de quem já lutou pelo Brasil e se vê, agora, cada dia mais pobre.

O segundo exemplo chama-se *A peleja de São Paulo com o monstro da violência* e foi escrito a quatro mãos, por Klévisson Viana e Téo Azevedo, mineiro de Monte Belo. Esse folheto foi produzido na madrugada de 22 de janeiro de 2002, quando Klévisson visitava seu amigo Téo, e os dois, da janela do apartamento de Azevedo, presenciaram um seqüestro em pleno centro de São Paulo.

Cartilha do Povo

Ninguém nasceu neste mundo
Pra sofrer e virar Santo
Mais do que derramar pranto
Mas na panela do povo
Só tem farofa e ovo
Quando almoço não janto.

E todo trabalhador
Ao teto vai ter direito
Um salário compatível
Pelo que faz ou foi feito
Quem lavrar terra é dono
Não haverá abandono
Para quem tiver defeito.

Contestação não é crime
Onde há Democracia
Só ao cidadão pertence
A sua soberania.
No poder coercitivo
Jesus foi subversivo
Na versão de tirania.

Eu sou dono do meu passe
Faço arte sem patrão
Só quem tem capacidade
Deve ser Oposição
Porque lutar pelos francos
É tatear nos buracos
Na densa escuridão.

Alguém disse que o povo
Tem sua memória fraca
Quem falou esta mentira
Vai gemer numa estaca
Ninguém pode progredir

Se ficar a repetir
Paca-tatu tatu-paca.
Do progresso brasileiro
O povão não usufrui
Embora com seu suor
É o que mais contribui
Mas num regime que suga
O honesto que madruga
Nada que preste possui.

Ninguém aguenta mais
Abrangentes privações
Estrangeiros controlando
No Brasil nossas ações
Vamos revirar as normas
Decretar nossas reformas
A partir das eleições.

Eleger o Presidente
Deputado, Senador
Igualmente no Estado
Eleger Governador
Prefeito no Município
Seguindo mesmo princípio
Eleger Vereador.

Queremos Democracia
Plena e Constituinte
Não queremos o menor
Vivendo como pedinte
O BNH dos nobres
Deve se virar pros pobres
Queremos mais o seguinte:

Estados e municípios
Tenham mais autonomia
Tributária e política
Que não haja mordomia
Nem orgia no Poder
Que o pobre possa ter
O seu pão de cada dia.

Que a Lei de Segurança
Prenda ladrões-de-cartola
Sem coagir cidadãos
No trabalho ou escola
Leis de Censura Imprensa
Nesses termos ninguém pensa
Livremente sem argola.

Nosso povo apoiado
Na vida de mutirão
E queremos a mulher
Com mais valorização
Nosso meio ambiente
Puro como lá se sente
Nas florestas do sertão.

Trabalhador que recebe
Só o Salário Mínimo
Família com 7 pobres
3 cafezinhos diários
Não sobra nem um tostão
Para bisnaga de pão
Pobre vai chupar rosário.

O modelo econômico
Continua muito mal
Pequena média empresa
Viram lama no canal
Queremos mudar a fase
Que elas se tornem base
De renda nacional.

Que haja maior respeito
Pelos grupos raciais
Também pelas minorias
Porque nós somos iguais
Um ensino democrático
Humano, moderno, prático
Justiça nos tribunais.

As multinacionais
Carregam nosso dinheiro
O desemprego empurra
O pobre pro cativeiro.
Na demissão coletiva
Povo na locomotiva
É apenas passageiro.

Tem gatunos de gravata
É só cutucar a toca
O Governo dá dinheiro
Pra plantarem mandioca...
Não plantam nem o farelo
E ladrão rico donzelo
Vai pra Boston tomar coca.

Não há creches pra criança
De quem trabalha, estuda
Criminoso abastado
A justiça fica muda
Pobre já não tem nem dente
Usa unhas como pente
Nasce, morre sem ajuda.

O pobre faz seu buraco
Na lama, pedra, barranco
Rico faz prédios de luxo
Pra classe "F" de franco
Onde havia prazer:
Pipa, bola, mais lazer
Na grama, no sol, no banco.

Vão comprar o trem a álcool
No Canadá também trigo
Há usina nuclear
Hidrelétricas eu digo
Ponde inflação pra frente
Portanto futuramente
Nem devem virar jazigo.

Flagelados no Nordeste
Mendigando pela rua
Comem bunda de formiga
Só se vê criança nua
Descomendo no buraco
Vive Era do Macaco
O Homem conquista a Lua.

Aqui a Democracia
Vai virando palhaçada
Nos projetos o Partido
Decreta "questão fechada"
Votar sem independência
É ter uma consciência
Vilmente violenta.

Todo país tem seu uso
Há conquista permanente
Que deve ser respeitada
Eleger o Presidente
Só o povo tem direito
Considero desrespeito
Votar indiretamente.

Dirigentes de escola
Devem ser por eleição
Por ensino, pra lavoura

Que haja mais dotação
Intermediários, rua
INAMPS sem falcatrua
Classe média sem "Leão".
A pobre dona de casa
Seu companheiro, família
Morar, comer, viajar
Comprar alguma mobília
É uma dificuldade
Que não tem prioridade
Nos pacotes de Brasília.

Nenhum Governo respeita
Povão que é desunido
O Lobo vira Senhor
Do cordeiro encolhido
Quem não se junta perece
Mas quem se une merece
Um viver evoluído.
Nos discursos na TV
Presidente pede voto
Por causa da "Lei Falcão"
Oposição só tem foto
7 quedas vai morrendo
Criança nasce devendo
A solução eu anoto:

Façamos da votação
Uma cívica peneira
Nosso povão no Governo
Vai sacudir a poeira
De tempestade de ventos
Que nublou os fundamentos
Da Família Brasileira.

A PELEJA DE SÃO PAULO COM O MONSTRO DA VIOLÊNCIA

Um anjo por Deus mandado
Conduzindo um pergaminho
Disse-me: "Caro poeta
Escreva mais um livrinho
Use de toda prudência
E fale que a violência
É sempre o pior caminho"

O monstro da violência
Olha a paz indiferente
Aterroriza a metrópole
Deixa o povo descontente
São Paulo desprotegido
Ver seu povo consumido
Na máquina de moer gente

E nesse jardim do mal
Cresce o crime organizado
Trazendo pra nossos filhos
Um futuro condenado
Carregado de amargura
Seqüestro, roubo e tortura
E um mundo flagelado

Deus Onipotente olha
O mundo na decadência
O mal propagando o mal
Turvando toda inocência
E de nossa juventude
As drogas roubam a saúde
E a joga na delinquência

E nossos noticiários
Só trazem crime e tormento
Sequestros, assassinatos
É o assunto do momento
A terrível impunidade
Mancomunada à maldade
Nos joga no sofrimento

O País ameaçado
Por perversa impunidade
Justiça faz vistas grossas
Para a criminalidade
Quase tudo é encoberto
Bandido em regime aberto
E o povo sem liberdade

No ano dois mil e um
Só deu crime nos jornais
Impunidade e desmando
São dois venenos letais
Como uma velha jumenta
Nossa justiça é tão lenta
E tem preguiça demais

E a segurança pública
Encontra-se abandonada
Em cada esquina da rua
Nos espera uma emboscada
É a lei da impunidade
Deixa o bandido à vontade
O governo não vê nada

Com a morte do prefeito
Santo André está revoltado
Com nove tiros cruéis
O homem foi fuzilado
Pois um crime tão terrível
Com medida mais cabível
Podia ser evitado

O monstro do crime cresce
Domina a sociedade
Que jogada à própria sorte
Sente a fragilidade
Das leis do nosso País
Que não destrói a raiz
Da cruel impunidade

E o povo estarrecido
Já não tem mais paciência
Do Governo do Estado
Espera uma providência
Que combata a bandidagem
Não tenha camaradagem
Com a terrível delinquência

Os vinte e cinco prefeitos
Militantes do PT
Em toda a região de
Ribeirão Preto e ABC
Segundo foi apurado
Cada um ameaçado
Vi no jornal da TV

Celso Augusto Daniel
Tinha então 50 anos
Um homem trabalhador
Que tinha excelentes planos
Sua morte prematura
É uma triste pintura
Do quadro de desenganos

Ao governo federal
A sociedade cobra

Autores: Klévisson Viana / Téo Azevedo

A Peleja de São Paulo com o Monstro da Violência

1ª EDIÇÃO

K.

No dia 22/01/2002, Klévisson, poeta cearense, estava em São Paulo visitando seu amigo, o poeta mineiro Téo Azevedo. Pela janela do apartamento de Téo, eles presenciaram um assalto no qual foi roubado um carro e sequestrado o seu dono.

Ação de nossa polícia
E realize manobra
Se não combater o crime
Que a nosso povo oprime
Seu descrédito agora dobra

E os nossos governantes
Ao povo dizem bravatas
Andam em carro importado
Só vestem ternos, gravatas
Nada disso faz sentido
Pois nosso Brasil querido
Está entregue às baratas

A escola da malandragem
O povo se martiriza
Nossa nação descontente
Está levando essa pisa
Nesse quadro conturbado
Brasil desorganizado
O crime se organiza

Acabe com a violência
Dê vez à fraternidade
Nosso povo quer a paz
Sonha com dignidade
Deixe seu sonho mesquinho
Dê aos pobres um pouquinho
Das asas da liberdade

Nessa terra de chacais
O homem é lobo do homem
Cria seus próprios monstrinhos
Que aos próprios consomem
Atira, mas erram o tiro
É verdadeiro vampiro
Bem pior que lobisomem

A cidade de São Paulo
Merece viver em paz
Aqui só reina o descrédito
Políticos perdem cartaz
Quem pende pra esta banda
A vaidade é quem manda
São filhos de Caifás

Pois o nosso irmão que sofre
Pela falta de justiça
São cristos crucificados
Como ouvimos na missa
Muitos perdem suas vidas
Abrindo as mesmas feridas
Que sangram com injustiça

Governador Alckmim
Com seu jeito resoluto
Decretou para São Paulo
Três dias de negro luto
Usando de disciplina
Quer ver da carnificina
Qualquer detalhe oculto

Para penetrar no caos
Que se encontra a região
Nesse dia vinte e um
Sofremos outro apagão
Nossa gente se lascando
É a sombra dum Fernando
Pairando sobre a nação

Todos os nossos presídios
Que de 'máxima segurança'
Não têm nada de seguro,
Lá o crime toca e dança.
Presos fogem todo dia

O bandido é quem chefia
Já virou uma lambança

A política brasileira
Sem aprumo nem esteio
Do carro da violência
Já está perdendo o freio
De esquerda ou direita
Não dá conta da empreita
Nem de banda nem no meio

E os direitos humanos?
Ta faltando humanidade!
Protegendo o bandido
Vilão da sociedade
O que é direito não rege
E tem hora que protege
A cada barbaridade

É 'crime de colarinho'
E também contra o sem-terra
O menos favorecido
Igual um cabrito berra
Tá crescendo o banditismo
E virando terrorismo
Faltado pouco pra guerra

Seu governo abra os olhos!
Dê respeito pra nação
Deixe de conversa mole
Em ano de eleição
A violência crescendo
O inocente morrendo
Igual um boi no mourão

Enquanto a gente escrevia
Esta história de cordel
Do sétimo andar assistimos
O roubo de um corcel
Já era de madrugada
Sem podermos fazer nada
Contra o bandido cruel

Roubaram o carro e dono
Foi seqüestrado na hora
Pois é do lado mais fraco
Que a corda sempre tora
Essa história foi verdade
É grande a necessidade
Da polícia nessa hora

Retrato da negligência
Que revela a crueldade
Uma foto nebulosa
Instantânea da verdade
Virou cena rotineira
Filme de semana inteira
No cine desta cidade

Do jeito que a coisa vai
Viramos pinto no ovo
Só existe um caminho
É a união do povo
Acabar com esta guerra
Valorizar nossa terra
Achando um caminho novo

São Paulo – SP – Campos Elíseos,
madrugada do dia 22 de janeiro de 2002

INDICAÇÕES PARA LEITURA

Existe muita coisa escrita sobre o assunto *literatura de cordel*. A maior parte desse material, porém, é quase inacessível ao iniciante, pois está em revistas especializadas, em obras esgotadas ou em publicações de cunho regional. Há alguns livros, no entanto, que poderão ser encontrados em todo o Brasil e que servirão para "os segundos passos" do leitor.

Biblioteca de cordel. São Paulo: Ed. Hedra, 1999–2003. Trata-se de uma coleção em andamento. Cada volume refere-se a um poeta popular importante do Brasil. Foram convidados pesquisadores do Brasil e do estrangeiro, e cada obra apresenta um estudo introdutório seguido pelos poemas mais importantes do poeta de cordel. Essa coletânea é uma das melhores formas de se conhecerem os poetas de cordel mais famosos do Brasil.

Cordel, xilogravura e ilustrações, de Franklin Maxado. Rio de Janeiro, Codecri, 1982. Essa obra, igualmente repleta de informações, é muito útil para estudantes de arte e de comunicações, pois trata essencialmente do aspecto estético da literatura de cordel.

Sistemas de comunicação popular (2ª ed.), de Joseph M. Luyten. São Paulo: Ed. Ática, 2003. É uma visão geral daquilo que atualmente se convenciona chamar folkcomunicação, termo criado pelo Prof. Luiz Beltrão e hoje estudado no mundo inteiro como uma das autênticas contribuições dos estudos de comunicação do Brasil.

A vida no barbante, de Candace Slater. Rio de Janeiro: Ed. Civilização Brasileira, 1984. É uma visão geral e crítica da literatura de cordel no Brasil, escrita pela renomada pesquisadora norte-americana.

Sobre o Autor

Joseph M. Luyten nasceu em Brunssum, Holanda, em 1941, e naturalizou-se brasileiro. É jornalista e pesquisador da cultura popular brasileira, tendo-se especializado em literatura de cordel. Foi, durante 12 anos, professor da USP, onde se doutorou em Ciências da Comunicação. Em 1984, foi para o Japão como pesquisador e professor visitante de várias universidades. Lá, montou diversos centros de pesquisa de Cultura Popular Brasileira. Em 1991, tornou-se reitor do campus avançado da Universidade Teikyo, na Holanda. Quatro anos depois, voltou ao Japão para mais dois anos de ensino e, em seguida, foi convidado a lecionar na Universidade de Poitiers, França, onde ajudou a consolidar o Centro de Literatura Popular Raymond Cantel, um dos mais importantes do mundo. Em 1998, voltou para o Brasil, e aqui leciona Teoria da Comunicação e Folkmídia para os cursos de pós-graduação da Universidade Metodista de São Paulo. Tem trabalhos publicados no Brasil, Peru, Japão, Filipinas, Holanda,

Bélgica, Portugal e França. Sempre manteve contatos estreitos com os poetas populares do Brasil, e entre os seus livros mais importantes estão: *A literatura de cordel em São Paulo* (1981), *O que é literatura popular* (1983), *Sistemas de comunicação popular* (1988), *Burajiru Mishin Bom no Sekkai* (1990), *A notícia na literatura de cordel* (1992), *Um século de literatura de cordel* (2001). Ao longo dos anos, reuniu, com suas pesquisas, cerca de 18.000 folhetos de cordel, além de uma biblioteca e um arquivo especializados em literatura popular, com mais de 7.000 itens.